DINOSAURIOS
LOS PRIMEROS AMOS DE LA TIERRA

Ilustraciones de Martín Morón y Adrián Ramírez
Textos de Lito Ferrán

DINOSAURIOS : LOS PRIMEROS AMOS DE LA TIERRA
es editado por: Ediciones Lea S.A.
Av. Dorrego 330 (C1414CJQ), Ciudad de Buenos Aires, Argentina.
E-mail: info@edicioneslea.com / www.edicioneslea.com

ISBN: 978-987-718-285-9

Queda hecho el depósito que establece la Ley 11.723.

Segunda edición. Agosto de 2016. Impreso en China.

Ferrán, Lito
Dinosaurios : los primeros amos de la tierra / Lito Ferrán ; ilustrado por Martín Morón y Adrián Ramírez. - 2a ed. - Ciudad Autónoma de Buenos Aires : Ediciones Lea, 2016.
16 p. : il. ; 28x22 cm. - (¡Quiero saber!)

ISBN 978-987-718-285-9

1. Libro de Entretenimientos para Niños. I. Morón, Martín, ilus. II. Ramírez, Adrián, ilus. III. Título
CDD 793.205 4

Los dinosaurios fueron las más fantásticas criaturas que habitaron nuestro planeta. Sus increíbles dimensiones, hábitos y costumbres nos siguen fascinando, y no cesamos de imaginar un mundo y un tiempo perdidos que nos hubiera encantado conocer.
Queremos recordar en estas páginas algunas de sus especies más representativas, que hoy nos parecen salidas de la loca imaginación de algún artista.
Pero existieron y fueron los primeros amos de la Tierra.

Ankylosaurio

Este dinosaurio tenía una pesada armadura y una boca pequeña con dientes con forma de hoja, lo que le permitía alimentarse fácilmente con todo tipo de vegetación. Su nombre puede traducirse como “lagarto acorazado”.

Antigüedad **65 a 68** millones de años

Longitud **9** m

Peso **6** t

Territorio Estados Unidos

Ceratosaurio

Este dinosaurio era un feroz depredador y gran carnívoro. Los machos utilizaban su cuerno para pelear por las hembras. Sus grandes mandíbulas y filosos dientes, les permitían desgarrar la carne de sus víctimas.

Antigüedad	Longitud	Altura	Peso	Territorio
144 a 156 millones de años	**7** m	**2,5** m	**1** t	Estados Unidos

Stegosaurus

Este famoso dinosaurio, pese a ser enorme, poseía un cerebro muy pequeño, casi como del tamaño de una nuez, de allí que muchos lo llaman "dinosaurio estúpido".

Antigüedad

120 a 165

millones de años

Longitud

9 m

Peso

2 t

Territorio

América del Norte, Europa, África y Asia

Cetiosaurio

Cuando se descubrieron sus restos en Inglaterra a fines del siglo XIX, se confundieron con los de una ballena. De allí su nombre que significa “reptil ballena”.

Antigüedad	Longitud	Peso	Territorio
170 millones de años	**18** m	**25** t	Europa y África

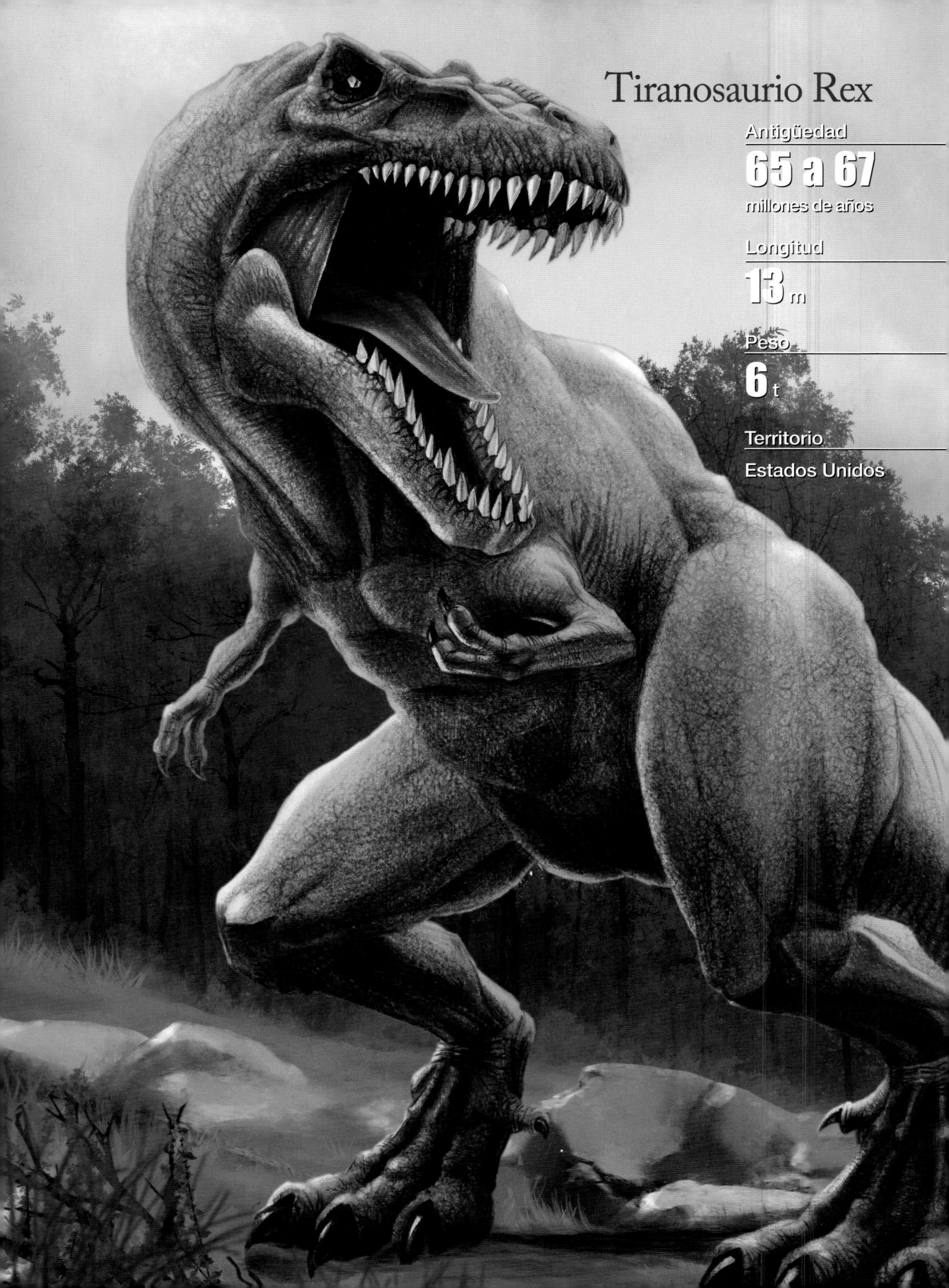

Tiranosaurio Rex

Antigüedad

65 a 67
millones de años

Longitud

13 m

Peso

6 t

Territorio

Estados Unidos

Tal vez el más famoso de los dinosaurios, el Tiranosaurio Rex sigue ocupando la atención de los paleontólogos, que todavía no pueden decidir si era un gran cazador o un gigantesco carroñero, es decir, si perseguía a sus presas y luego las devoraba, o si se alimentaba de los restos de otros animales. Lo que sí se sabe es que podía comer hasta 220 kilos de carne y huesos de una sola mordida.

Por su parte, el Pteranodonte, es uno de los más grandes reptiles voladores y se han encontrado más de 1200 fósiles de su especie.

Pteranodonte

Antigüedad

65 a 99 millones de años

Longitud

7 m

Peso

90 kg

Territorio

Estados Unidos

Dakosaurio

Era un gigantesco dinosaurio con fauces de cocodrilo y dientes que llegaban a medir 10 cm. Se alimentaba con otros dinosaurios marinos de hasta 7 m de largo, ¡mucho más grandes que él!

Antigüedad **135** millones de años

Longitud **5** m

Territorio Oceáno Atlántico frente a la actual Patagonia Argentina

Triceratops

Poseía una cabeza gigantesca, de 2 m de longitud y compartió territorio con el Tyrannosaurio Rex. Fue una de las últimas especies que aparecieron antes de la extinción de los dinosaurios.

Antigüedad

65 a 68

millones de años

Territorio

Estados Unidos

Longitud **9** m

Altura **3** m

Peso **12** t

Velocirráptor

Era un dinosaurio relativamente pequeño, pero que poseía poderosas mandíbulas y tres garras curvadas en cada mano. Fue un temible cazador a pesar de su tamaño.

Antigüedad	Altura	Peso	Territorio
71 a 75 millones de años	**1,2** m	**15** kg	Asia

Spinosaurio

El más grande de los dinosaurios carnívoros. Permanecía tanto tiempo en la tierra como en el agua, como el actual cocodrilo, y sus características espinas llegaban a medir más de 1,60 m.

Antigüedad **97 a 112** millones de años

Longitud **18** m

Peso **20** t

Territorio África

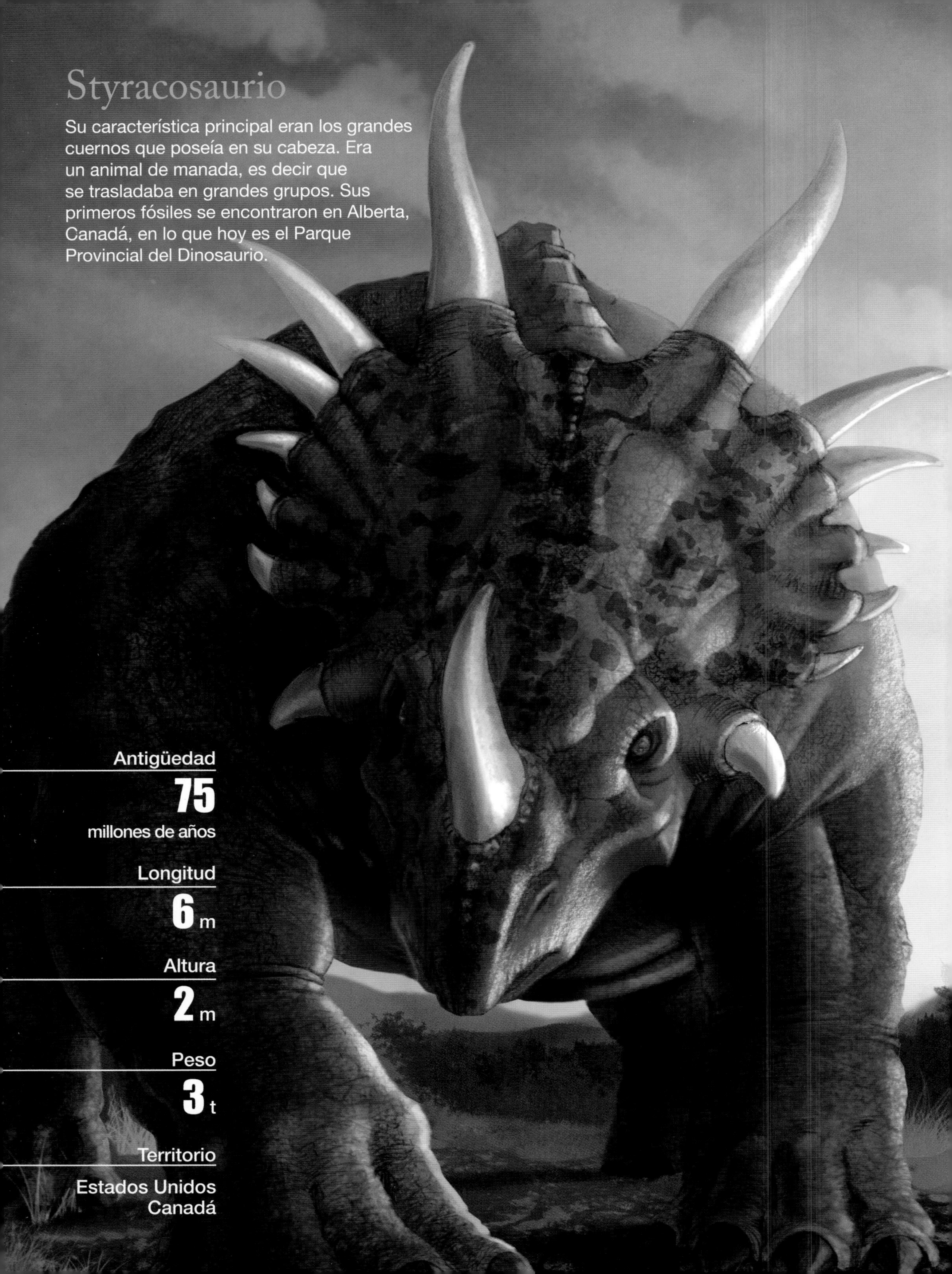

Styracosaurio

Su característica principal eran los grandes cuernos que poseía en su cabeza. Era un animal de manada, es decir que se trasladaba en grandes grupos. Sus primeros fósiles se encontraron en Alberta, Canadá, en lo que hoy es el Parque Provincial del Dinosaurio.

Antigüedad

75

millones de años

Longitud

6 m

Altura

2 m

Peso

3 t

Territorio

Estados Unidos
Canadá

Ictiosaurio

Era un gran reptil marino que dominó los mares de nuestro planeta durante 150 millones de años. Una especie de cocodrilo que se podía sumergir muy profundo.

Antigüedad **90 a 245** millones de años

Longitud **10** m

Peso **900** kg

Territorio América, Europa y Asia

La extinción de los dinosaurios

Los científicos aceptan mayoritariamente que la causa de la extinción de los dinosaurios fue la caída de un meteorito. Calculan que tenía un diámetro de 10 km y que atravesó la atmósfera terrestre a una velocidad aproximada de 250.000 km por hora. El terrible impacto ocasionó olas de hasta 90 m de altura, arrasando con todo a su paso. El lugar: la actual península de Yucatán, en México. La bola de fuego colisionó hace 65 millones de años y terminó con toda la vida sobre la Tierra. Pero también se sabe que no ha sido la única extinción en masa en la historia de nuestro planeta.